L. LEMERCIER DE NEUVILLE.

THÉATRE DES PUPAZZI.

MON VILLAGE

INTERMÈDE PASTORAL EN UN ACTE ET EN VERS

REPRÉSENTÉ

Pour la première fois à Marseille, au Cercle de la Société des Courses,
le 14 février 1868.

Prix : **75** centimes.

MARSEILLE
CHEZ TOUS LES LIBRAIRES.

1868.

13 mars 1887

achat à M.

et logé te quai malaquais

n.° D. 10

L. LEMERCIER DE NEUVILLE.

THÉATRE DES PUPAZZI.

—

MON VILLAGE

INTERMÈDE PASTORAL EN UN ACTE ET EN VERS

REPRÉSENTÉ

Pour la première fois à Marseille, au Cercle de la Société des Courses,
le 14 février 1868.

MARSEILLE
CHEZ TOUS LES LIBRAIRES.
—
1868.

PERSONNAGES.

M. PRUDHOMME.
M. ANNEXMANN.
GAZETTE, servante de M. Prudhomme.

———

Salon chez M. Prudhomme, à Terrevieille.

———

MON VILLAGE

SCÈNE PREMIÈRE.

M. PRUDHOMME seul.

A soixante-huit ans, — c'est encor un bel âge ! —
J'ai, — pour vivre en repos, — adopté ce village :
Terrevieille ! — un pays charmant !—de tous aimé ; —
Le vin qu'on y récolte est surtout estimé. —
Mais je n'y vis pas seul ! et Gazette, ma bonne,
Y soigne mes repas ainsi que ma personne.
Ah ! c'est une servante habile ! — mais parfois.
Il faut pour la tenir, lui donner sur les doigts.
Les avertissements ne la corrigent guère...
Elle est jeune, c'est vrai ! — mais son humeur légère
M'a fait plus d'une fois, du jour au lendemain,
Lui mettre le marché, — comme on dit, — à la main !
Pourtant, j'en ai besoin ; Gazette sait d'avance
Ce qu'on fait, ce qu'on dit dans notre résidence ;
Les forfaits du voisin et ses ambitions
Elle m'en fait soudain les révélations.

Tenez, j'ai mon voisin Annexmann, un brave homme,
Un Allemand,— têtu, — mais têtu, Dieu sait comme !
La rivière en un coin de sa propriété
Passe ; — il n'a qu'un seul champ sis de l'autre côté.
Ce champ,— je le voulais ! — Car enfin la rivière
Est, entre deux voisins, une honnête barrière ; —
Jamais il ne voulut me céder ce terrain !
Bien plus, le vieux rusé vient de prendre un lopin
De terre à mon ami Danois qui crie à force.
Mais le proverbe dit : « Entre l'arbre et l'écorce
Ne mettons pas le doigt ! » — Danois en ce moment
Voit son champ recouvert de bétail Allemand !
C'est Gazette qui m'a raconté cette affaire.
Elle disait : — « Parlez ! » — J'ai préféré me taire.
La voici ! — Qu'est-ce encor et d'où vient son émoi ?

SCÈNE II.

PRUDHOMME. — GAZETTE entrant agitée.

GAZETTE.

Monsieur ! votre voisin Annexmann....

PRUDHOMME.

Eh bien ? quoi ?

GAZETTE.

A l'entour de ses champs il met des palissades !

PRUDHOMME.

Sans doute c'est pour mettre à l'ombre ses salades !

GAZETTE.

Vous plaisantez toujours ! — mais vous ne savez pas
Que tous ses paysans sont armés d'échalas.

PRUDHOMME.

Eh bien qu'y puis-je ? moi ? ...

GAZETTE.

Ce que vous pouvez faire ?
C'est d'armer de bâtons les gens de votre terre
Et de bâtir des murs tout le long du jardin.

PRUDHOMME.

M'enfermer ?

GAZETTE.

Il le faut !

PRUDHOMME.

Ainsi donc le gredin

Voudrait....?

GAZETTE.

Il le voudrait ! mais j'ai l'œil et je guette!

PRUDHOMME.

Eh bien, je veux le voir — va le trouver, Gazette !
Et dis-lui de venir près de moi...

GAZETTE.

C'est fort bien !
Mais je le dis, monsieur, vous n'en obtiendrez-rien !

(Elle sort.)

SCÈNE III.

PRUDHOMME seul.

Le têtu d'Allemand ! — Tête carrée ! — Ah ! Diable!
Veut-il me provoquer ? — Je l'en crois bien capable !
Je l'ai brossé souvent.... au billard.... autrefois...
Il s'en souvient,... il veut se venger je le crois !

SCÈNE IV.

PRUDHOMME, ANNEXMANN.

ANNEXMANN (accent allemand très prononcé.)

Votre humble serviteur! mon cher monsieur Prudhomme.
Vous voulez me parler ?

PRUDHOMME, sèchement.

Oui Monsieur !

ANNEXMANN.

                            Monsieur ? Comme
Vous avez l'air méchant ?

              PRUDHOMME.

                            Non ! Je veux seulement
Avoir sur le Danois un éclaircissement;
Du pays, vous savez, je suis un peu l'arbitre.

              ANNEXMANN.

Ya ! vos propriétés vous ont valu ce titre.

              PRUDHOMME.

Mes propriétés, non ! mais ma saine raison,
J'ai d'ailleurs,— suspendus aux murs de ma maison,
Des illustres aïeux que les vôtres naguère
Estimaient dans la paix et craignaient dans la guerre :
Je suis le rejeton de ces hommes fameux !
Donc, arbitre je suis !

              ANNEXMANN.

                    Vous l'êtes !

              PRUDHOMME.

                            C'est au mieux !
Or, cher voisin, pourquoi n'êtes vous pas tranquille ?
Pourquoi nous faire à tous une peine inutile ?
Pourquoi déposséder notre voisin Danois
Du champ que ses aïeux possédaient autrefois ?

ANNEXMANN.

Ses aïeux ?—Mes aïeux, plutôt !—Car mon grand père
M'a dit que ce champ là venait de sa grand mère,
Que c'était notre bien et — qu'à l'occasion, —
Je devais exiger une rétrocession.

PRUDHOMME.

C'est à revoir !— passons ! Je dois aussi vous dire,—
Et nous n'ignorons pas quel esprit vous inspire, —
Que vous protégez trop les fermiers, vos voisins :
Vous récoltez leur blé, vous cueillez leurs raisins,
Vous vendez leurs produits... bref, ils sont en tutelle,
Vous leurs faites, dit-on, une part assez belle.

ANNEXMANN.

Ils ne s'en plaignent pas !

PRUDHOMME.

　　　　　　　Nous nous en plaignons, nous !
Ces fermiers ne sont plus à tous, — ils sont à vous !

ANNEXMANN.

Cependant...

PRUDHOMME.

　　　　　　Et pourquoi ce luxe de prudence ?
Vos champs barricadés ôtent la confiance.

ANNEXMANN.

Mon Dieu ! Je ne sais pas pourquoi vous avez peur !

PRUDHOMME, indigné, désignant la porte.

Peur ? Monsieur Annexmann.

ANNEXMANN.

Monsieur !

PRUDHOMME, le reconduisant.

J'ai bien l'honneur !

(Annexmann sort.)

SCÈNE V.

M PRUDHOMME, seul

Allons ! Je le sens bien ! Adieu ma quiétude.
Il verra si je suis tant en décrépitude !
Creusons de grands fossés, élevons de grands murs.
Armons nous ! les plus gros bâtons sont les plus sûrs !

SCÈNE VI.

PRUDHOMME, GAZETTE.

GAZETTE, entrant sur les derniers mots.

Bien ! Monsieur ! C'est très-bien ! ..

PRUDHOMME.

Quoi de nouveau, ma fille ?

GAZETTE.

Les bâtons d'Annexmann, sont munis d'une aiguille
C'est terrible !

PRUDHOMME.

Vraiment !

GAZETTE.

Mais voici notre lot :
Nos fermiers sont armés de bâtons Chassepot ;
Nsus sommes en mesure !

PRUDHOMME.

Excellente servante !

GAZETTE.

C'est la première fois que mon maître me vante !

PRUDHOMME.

Quand j'ai besoin de toi, je te vante toujours !

GAZETTE.

Vous devriez, Monsieur, me vanter tous les jours !

PRUDHOMME.

Non pas ! Non pas ! ma mie ! on sait de vos histoires !
J'aime à récompenser vos actes méritoires,
Mais vous avez la tête assez près du bonnet,
Et votre esprit n'est pas toujours assez discret.

GAZETTE.

Ici vous vous trompez ! car une autre aventure
Que je connais, pourrait vous troubler, je le jure.

PRUDHOMME.

Parle donc !

GAZETTE.

Que non pas !

PRUDHOMME.

Mais...

GAZETTE.

Mon intention
Est de vous assurer de ma discrétion.....
Cependant le moment est grave....

PRUDHOMME.

Allons ! Gazette !
Raconte-moi...

GAZETTE.

Non pas ! monsieur ! je suis discrète !

PRUDHOMME.

Discrète ! soit ! tu l'es ! — Parle donc promptement !

GAZETTE, confidentiellement.

Vous pouvez maintenant attendre l'Allemand ;
Mais un nouveau conflit aujourd'hui se présente:
Le curé du village, une âme confiante
Qui vous nomme : « Mon fils ! » et que vous protégez,
Est plein d'ennuis !

PRUDHOMME.

Ennuis que j'avais allégés

GAZETTE.

Vous l'avez cru du moins ! .. Or cet excellent père
A, depuis que la Cure existe, un presbytère
Situé dans le milieu des vergers de Victor.

PRUDHOMME.

Je connais tous cela, dépêche toi donc !

GAZETTE,

Or,
C'est fâcheux pour Victor d'avoir dans son domaine
Une maison tranquille, il est vrai, — mais qui gêne !

PRUDHOMME.

Que me contes-tu là ? — Mais Victor m'a juré
De respecter toujours la maison du curé.

GAZETTE.

Soit ! Il vous l'a juré ! mais il faut reconnaître
Que le serment n'est pas de son garde-champêtre ;
Or, son garde-champêtre, — un gaillard bien bâti,
Qui n'ayant pas juré, — n'a donc jamais menti,
En qui Victor a foi, car, grâce à son courage,
Il sût en peu de temps doubler son héritage, —
Ce gaillard donc, s'est mis en tête d'expulser
Le curé du logis. — Victor veut le chasser...
Mais comment renvoyer un serviteur fidèle
Qui pour son maître a fait autrefois tant de zèle ?...
Victor est mou....

PRUDHOMME.

Corbleu ! Mais partons de ce pas !

GAZETTE.

Et qui nous défendra quand nous serons là-bas ?

PRUDHOMME.

Diable !... divisons-nous !

GAZETTE.

Est-ce prudent ?

PRUDHOMME.

En somme
Je ne puis pas laisser expulser ce saint homme !
Partons !

GAZETTE.

On vous dira qu'il vous importe peu
De voir ailleurs ou là le ministre de Dieu ;
Que la religion n'est guère menacée.
Qu'il ne faut pas toucher à la libre pensée :
Volcan toujours éteint mais qui fume toujours !

PRUDHOMME.

Restons !

GAZETTE.

Soit ! le curé n'est pas sur le velours !

PRUDHOMME.

Partons !

GAZETTE.

L'Eglise n'est pourtant pas attaquée !

PRUDHOMME.

Restons !

GAZETTE.

Mais la maison du Pasteur est bloquée !

PRUDHOMME.

Partons !

GAZETTE.

Je ne puis rien vous dire à ce sujet.
Mais, cher maître, si je vous aide en ce projet

Serez-vous envers moi d'humeur plus confiante
Aurez-vous donc pitié de la pauvre servante
Qui pour vos intérêts a souffert, a lutté....

PRUDHOMME.

Si... que demande-tu?

GAZETTE.

Je veux la liberté !

— Monsieur Prudhomme fait un geste significatif. —

La toile tombe.

Paris, 20 Octobre 1867.

Marseille. — Typ. et Lith. Barlatier-Feissat et Demonchy.

Sous presse

I PUPAZZI

2me Édition, revue, corrigée et considérablement
augmentée de textes nouveaux illustrés.

(Textes et Images)

PAR

L. LEMERCIER DE NEUVILLE

1 vol. grand in-18 jésus — 3 fr.

CHEZ DENTU, ÉDITEUR

Palais-Royal, 17 et 19 (Galerie d'Orléans).

POUR PARAITRE PROCHAINEMENT

PARIS PANTIN

Nouvelle série des PUPAZZI

PAR

L. LEMERCIER DE NEUVILLE

Marseille. — Typ. et Lith. Barlatier-Feissat et Demonchy

www.ingramcontent.com/pod-product-compliance
Lightning Source LLC
Chambersburg PA
CBHW061419170626
46811CB00005B/2036